Oooh wat is dat Pöggsken fien

Met de gröne Bücks!

Pöggsken denkt an nicks.

Küm

de witte Gausemann

Hät so raude Stiewweln an.

Mäck en graut Gesnater !

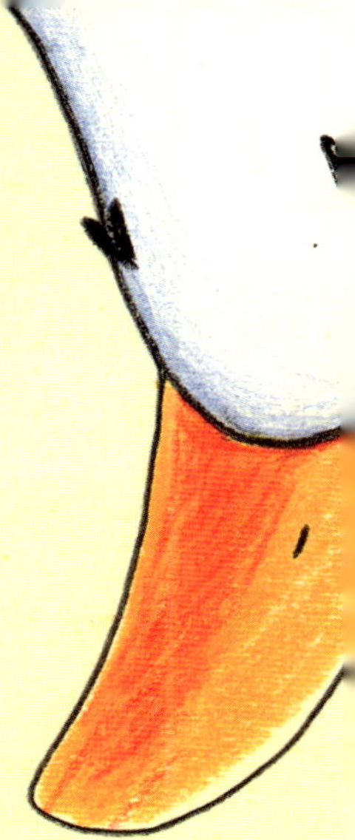

Huu, wat

fix

springt dat Pöggsken met de Bücks

Met de schöne gröne Bücks

Met de Bücks in't Water.

Vera Brüggemann ist Künstlerin in Bielefeld und hat sich als Illustratorin zahlreicher Kinder- und Schulbücher einen Namen gemacht.

Gedruckt mit freundlicher Genehmigung der Augustin Wibbelt-Gesellschaft e. V. und des Kreises Warendorf.

Gesamtherstellung: Aschendorff Druck und Dienstleistungen GmbH & Co. KG, 2009
Gedruckt auf säurefreiem, alterungsbeständigem Papier ♾
ISBN 978-3-402-12794-0